Die Geburt der Tage

✦

Roland Zoss

DIE GEBURT DER TAGE

Kurzgeschichten und Essays

Roland Zoss

Impressum

Bibliografische Information der Deutschen Nationalbibliothek - CIP Einheitsaufnahme
Zoss, Roland:
Die Geburt der Tage/ Roland Zoss - BoD 2024
ISBN: 978-3-7693-0970-6.

CH-3147 Mittelhäusern
Verlag: BoD · Books on Demand GmbH,
In de Tarpen 42, 22848 Norderstedt
Druck: Libri Plureos GmbH, Friedensallee 273,
22763 Hamburg

1 Es gibt keine Riesen mehr?

Es gibt keine Riesen mehr? Ja, seht ihr sie denn nicht umhertrampeln in ihren schweren Stiefeln, sich verstecken hinter Plakatwänden und Betonpfeilern? Sie benützen unsere Fahrstühle und Rolltreppen? Sie kleiden sich nach der Mode, um nicht aufzufallen. Sie fahren Zug mit dem Generalabonnement.

Unheimlich, wie sie sich wieder vermehren trotz der schlechten Prognosen der Soziologen, die ihnen ab Mitte des letzten Jahrhunderts kaum noch Chancen einräumten.

Zwar sind sie aus dem Riesengebirge ausgezogen, haben das kommunistische Joch abgeschüttelt. Auch das Kinderschrecken haben sie aufgegeben, seit in jeder Wohnung ein Bildschirm strahlt. Jetzt leben sie mitten unter uns, erschliessen sich neuen Lebensraum, suchen eine Nische in der modernen Zivilisation. Ihr Gedankengut verbreitet sich unterirdisch wie ein Netz giftiger Pilze.

Ein Riese tut alles, um sich Platz zu verschaffen: er dringt in Personalbüros ein. Er manipuliert die Aktienkurse. Er randaliert in Wahlbüros und lässt Computer abstürzen. Ein Riese ist extrem

anpassungsfähig. Er fügt sich in jede Gesellschaft ein. Er hat gelernt zu lächeln. Und mit jeder Lüge wird er riesiger. Vom Äquator bis zum Polarkreis hat man seine Spuren entdeckt.
Kein Volk ist mehr sicher vor Riesen, keine Rasse. Sie lassen sich in Weltraumfähren nieder und in Fernsehshows. Sie geben sich als Bauunternehmer aus, als Herzchirurgen, Zahnärzte, Trolle.
Es gibt keine Riesen mehr? Ja, siehst du sie denn nicht deinen Arbeitsplatz besetzen und in den Alltag eindringen – bis tief in deine Träume? Riechst du nicht ihren Atem? Hörst nicht den Gleichschritt ihrer Stiefel hinter dir beim Fitness-Training?
Die Riesen sind überall. Hungrig nach Menschenseele. Hungrig nach Menschenfleisch!

2 Der dumme Mmud oder das Zauberschloss

In einem grossen Wäldchen am Stadtrand, so munkelten die Leute laut, liege ein Märchenschloss an einem verzauberten roten See. Im Wald sei es nachts taghell, erzählt man sich, und die Bäume machten Wurzeln zum Himmel. Ein flinker Bär bewache den Wald. Drum müsse, wer das Geheimnis ums Zauberschloss lüften wolle, sich am Bär vorbeischleichen. Und dazu müsse man sehr dumm sein.

Vom 10jährigen Mmud sagte man, er habe die Schläue nicht eben mit der Muttermilch eingesogen. Und sicher werde er je älter umso dümmer.
Mmud lebte mit seiner Schwester Anna bei Onkel Otto, weil die Mutter im Krieg gefallen war. Mmud kannte keine Trübsal. Und er fürchtete sich vor nichts: weder vor dem Tod noch vor dem Leben. Eines Tages beschloss er, das Geheimnis um das sagenhafte Zauberschloss zu lüften. Er sprach halblaut zu sich: «Mmud, erlebe doch mal ein Abenteuer! Reise ans Ende der Welt! Träume etwas, was noch keiner geträumt hat! Finde etwas,

was noch niemand gefunden hat: finde das Zauberschloss!»
Es war ein Glück, dass er Mmud hiess und seine Schwester Anna. Denn ohne sie hätte er keine Chance gehabt, einem echten Zauber auf die Schliche zu kommen. Denn AnnA kann man von hinten und von vorne lesen. So ein Name besitzt eine magische Kraft. Und Magie hilft, wenn es um Zauberei geht.

Also brachen Mmud und Anna auf in den grossen weiten Wald hinein. Je tiefer sie kamen, umso heller leuchtete das Dunkel. Je weiter sie wanderten, umso stärker wurden ihre Beine. Und je weiter sie sich von Zuhause entfernten, umso kleiner die Furcht vor der Fremde.
Vor lauter Hören und Gehen verspürten sie weder Durst noch Hunger.
Sie lauschten in den Wald. Da geschahen seltsam verkehrte Dinge: Die Eule auf dem Ast blökte in die Nacht wie ein Schaf! Ein Warzenschwein trank schwarzen Wein aus einem Eichenfass. Und als ein Eichhörnchen begann Vogelmelodien zu zwitschern, blieb Anna stehen und schüttelte den Kopf. Mmud murmelte laut:

«Na, ja, so klingt wohl ein Zauberwald, in dem sich ein Schloss befindet!»
Am Bach blieben sie stehen und schauten zu, wie das verzauberte Wasser aufwärts floss. Auch die Sonne schien verkehrt. Wo ihr Nicht-Licht hinfiel verdorrten Efeu und Waldmeister.
Anna begann ein Liedchen zu singen, das sie nie zuvor gehört hatte. Der Text klang vorwärts und rückwärts gleich: «Ein Neger mit Gazelle zagt im Regen nie!»
Mmud fand das Lied blöd, nicht nur wegen dem N–Wort. Drum sang er ein anderes Lied. Vor lauter Hinundher vergassen sie fast, wozu sie hierhergekommen waren.
Als sie wohl über sieben Stunden unterwegs waren, bemerkten sie, dass die Abenddämmerung heller und heller wurde. Und auf einmal lag vor ihnen in rötlichen Schimmer getaucht der Zaubersee. Sie streckten die Füsse ins Wasser, bis sie rot wurden.
Da vernahmen sie ein Miauen. Und was die Ohren hörten, konnten die Augen kaum glauben: Da sass doch ein grosser schwarzen Hund unter einem alten Eibenbaum und miaute vor sich hin!
Ein Hund der miaut im hellen Wald an einem

tiefroten See!? Mmud und Anna schauten sich verwundert an. So ein krummes Abenteuer hatten sie gerade noch nicht erlebt. Und alles nur wegen diesem Schloss…
Sie tätschelten den Hund und fragten ihn, ob er etwa der Schlosshund sei, der das Zauberschloss bewache. Er wedelte mit dem Schwanz. Doch sie wussten nicht, ob das jetzt Ja oder Nein bedeutete.

Dann erkannten sie es: das Zauberschloss! Und es schüttelte sie vor Lachen, bis sie weinen mussten. Denn das gesuchte Schloss war nicht etwa ein mittelalterliches Schloss mit so Türmchen, einer Zugbrücke und ringsum einem Wassergraben. Nein, nein! Es war ein simples Vorhängeschloss aus Messing!
Der Hund trug es am Hals: ein hundsgewöhnliches Vorhängeschloss, wie es an jedem zweiten Gartenhäuschen hängt.
Nur Dumme können ein solches Schloss finden. Und das war das Glück von Mmud, der die Schläue nicht mit der Muttermilch eingesogen hatte. Gescheite sind oft viel zu schlau zum Finden. Sie suchen nämlich immer dort, wo im

Märchen die Märchenschlösser stehen und verzauberte Prinzessinnen auf bezaubernde Prinzen warten.
Mmud und Anna lachten und fragen sich, wo wohl der Schlüssel zum Zauberschloss stecke. Sie streichelten längs und quer über den Hund, kitzelten ihn und hofften ihn vom Kater zu erlösen. Doch der Hund miaute weiter.
Es ging gegen Mitternacht und wurde wärmer. Sie sammelten Holz, um sich an einem Feuerchen die Hände zu kühlen.
Auf einmal schrie Anna leise auf, eine Träne kullerten über ihre Wangen:
«Mmud, schau, was dort im Baum drin blinkt!»
Und tatsächlich, im hohlen Stamm der Eibe lag der Schlüssel. Und Anna hatte ihn gefunden, weil sie ihn nicht gesucht hatte. Den Dummen hilft Gott, sagen manchmal die Gescheiten. Aber Anna sagte:
«Wer nicht sucht, der findet!» und machte einen Luftsprung. Klick, schon steckte das Ding im Schloss, und der Hund (er hiess übrigens Bello) war vom Kater erlöst. Jetzt hörte er auf zu miauen und begann wie ein echter Hund zu bellen.
Endlich brach die Dunkelheit herein wie in einer

ganz normalen Nacht. Und das Feuer flackerte und brannte wie ein ganz normales Feuer. Und Anna und Mmud bekamen das, was Kinder in dunklen Wäldern bekommen: nämlich echt Angst. Und dazu einen Riesendurst. Sie tranken den halben Teich aus, der schön blau nach gewöhnlichem Wasser schmeckte.

Und ehe sie "hicks" sagen konnten, fielen ihnen die Augen zu. Und das war gut so. Denn als sie erwachten lagen sie zuhause im Bett und waren froh, dass die Mutter ganz normal ins Zimmer trat und nicht kopfüber mit den Füssen an der Decke, wie das in einer verkehrten Welt normal gewesen wäre.

«Anna – Mmud, anziehen, aufstehen! Ihr müsst zur Schule!» rief sie. Mmud zog das Duvet höher und trällerte ein Liedchen aus der verkehrten Welt. Es ging so: «Trug Tim eine so helle Hose nie mit Gurt?» Er sang es vorwärts, sang es rückwärts und fand das megaschön.

Dabei dachte er ganz leise, so dass niemand es hören konnte: «Ich glaube, dumm ist nur jemand, der daran glaubt. Und nicht jedes Zauberschloss ist ein Märchenschloss.»

3 Die Wolfsschuhe

Eines Morgens als Kevin aus dem Bett hüpft und in die Sportschuhe schlüpft, merkt er, dass die Latschen ihn zwicken. Als wären sie plötzlich eine Nummer zu klein für 15-Jährige Füsse.
Kevin humpelt ruft durchs Zimmer und ruft aus: «Aua, was soll das? He du Scheissding, du beisst!?»
Als er sich bückt, bemerkt er die Reihe feiner Zähnchen zur Schuhspitze hin: es sind scharfe Wolfsfänge. Sie schnappen nach allem, was ihnen vor die Schnauze kommt.
Kevin versucht ruhig zu bleiben und logisch zu denken: Ausziehen kann ich sie nicht mehr. Sie fletschen die Zähne, wenn die Hand ihnen zu nahe kommt. Und gleich fährt mein Bus zur Schule!

Hastig stopft er den Krimskrams, den er im Unterricht braucht in den Schulrucksack. Als er ihn anzieht, beginnt der Ranzen zu muhen. Dazu hoppelt Mamas alte Kaninchenfelljacke ins Wohnzimmer. Und durch die aufgestossene Kühlschranktüre zwängen sich im Eierabteil geschlüpfte Küken.
Das ist selbst für einen coolen Kevin zu viel! Er

rennt verfolgt von Omas Fuchsstola entlang der Garderobe zur Haustür, schlägt sie hinter sich zu und dreht den Schlüssel zweimal im Schloss. Auf der Treppe versucht er zu begreifen, was hier gerade abgeht.

Tote Tiere, die lebendig werden? Wow, wie surreal ist denn das! Und was soll das Ganze? Wollen sie sich rächen, weil wir Menschen sie missbrauchen, ihnen keine Rechte zugestehen? Ist dieser Aufstand ein Ruf nach Freiheit, nach dem ursprünglichen Leben draussen in der Wildnis? Eine Rebellion gegen jene, die sich die Erde untertan gemacht haben?

Das frägt sich Kevin an diesem Morgen, als er an der Haltestelle etwas ausser Atem den Bus zur Schule besteigt.

4 Hans da Vinci

In der Billett-Druckerei der Schweizerischen Bundesbahnen nannte man ihn „Da Vinci“, seit er den Retourpfeil erfunden hatte, der auf den Fahrkarten die Wörtchen „hin und zurück“ ersetzte. Aber eigentlich hiess er Hans.

War es der Neid? Jedenfalls hänselten sie Da Vinci, wenn sie die Ware zum Versand bündelten: der Benoit, der Burkhard, der Hellstern und wie die Typographen alle hiessen.

Hans hatte nie auch nur einen müden Rappen erhalten für die Idee mit dem Retourpfeil. Kein Kompliment von Chefseite, kein Merci von ganz oben, kein Schulterklopfen, nichts!

Erfindungen am Arbeitsplatz gehören dem Arbeitgeber – also den SBB. So wie die Geleise auf denen gefahren wird. Ein Bundesbetrieb vergibt keine Prämien an Angestellte. Was wäre das auch für eine Entgleisung! Beamte sind keine Künstler, klang es aus der oberen Etage.

Doch Hans war einer. Ein Erfinder. Jedenfalls fühlte er sich so. Und weil er sein Talent nicht brachliegen lassen wollte, erfand er nach der

Arbeit zuhause weiter. Manchmal bis über Mitternacht hinaus.
Wenn Frau und Kind schliefen, lehnte sich sein Erfindergeist im Erfinderstübchen über die beschlagenen Brillengläser hinaus und entwarf Skizze um Skizze.
Nach dem Retourpfeil erfand er den aufblasbaren Regenschirm. Und danach das revolutionärste Fortbewegungs-Ding, das die Welt je gesehen hatte: ein Fahrzeug für Fussgänger; und die nachhaltige Antwort aufs benzinfressende Automobil.

Der rollender Fahrschuh hatte beidseits der Laufsohle schräge Naben mit Rollen die auf Zahnrädchen liefen. Das Gewicht des Fussgängers trieb den Fuss in der um 45% geneigten Zahnradschiene vorwärts. Und verbesserte damit das Leben der Fussgänger; dessen war sich Hans sicher. Zeit würde eingespart und so der Arbeitsweg um etwa die Hälfte verkürzt. Er wollte den Fahrschuh so rasch als möglich patentieren lassen.
Gern hätte er auch grössere Dinge erfunden wie das Düsenaggregat oder die Atombombe. Oder so geniale, kleine Alltags-Helferchen wie den Kugelschreiber oder die Büroklammer. Aber die gab

es ja bereits!
Hunderte von Erfinder tüfteln Tag und Nacht im stillen Kämmerchen vor sich hin. Darunter Genies, die es zu Weltruhm bringen. Aber auch Typen, die ihrem besten Kollegen die Idee klauen und dann dank einer kleinen Kaffeekapsel zum Millionär werden.
Was soll's! Das Bedeutendste an einer Erfindung ist ja nicht Ruhm und Reichtum, sondern, dass sie dem Dasein des Erfinders Sinn gibt.
Und darum hat die Geschichte von Hans (die nicht erfunden ist) doch auch etwas Tröstliches an sich.

5 Die Leichtigkeit des unbedeutend Seins

Frankfurter Buchmesse 1998

Am Tischchen des Schweizerischen Schriftstellerverbands sitzen ein paar Vorstandsmitglieder neben mir in Halle 7.

Schallschluckend scharlachrote, schwere Fünfmeter-Vorhänge fallen über die Stellwände im zum Kreuzgang der Literatur herausgeputzten Schweizer Sektor.

In einer Nische steht Lukas Hartmann ins Gespräch vertieft. Daneben der literarische Senkrechtstarter Silvio Huonder. Er tritt schmunzelnd auf mich zu und frotzelt, als seien wir Jugendbekannte: «Sieht aus wie in einer Kirche hier, nicht?»

«Eher wie im Bundeshaus» bemerke ich.

Wir tauschen unsere belletristischen Neuerscheinungen aus: "Adalina" gegen "Saitenstrassen". Dann schreitet Silvio zur offiziellen Lesung. Ich lege ein Exemplar des neuen Romans in die Tischmitte und warte auf geladenen Medien.

Das Schweizer TV-Team von «Next» montiert seine Kamera direkt vor uns und bespricht den Ablauf des Interviews. Etwas Publikum bummelt vorbei.

Jetzt schwenken Kamera und Mikrofon auf den hageren Mann, der sich vor dem roten Vorhang aufgebaut hat und eine Zigarette anzündet: Christoph Vitali, Zeremonienmeister des Auftritts «Gastlandland Schweiz»!
«Oh ja sehr, die Halle gefällt den Leuten!» antwortet er mit einem Hauch von Schalk. Die Schriftstellerecke hört mit, als er sich räuspert und nachschiebt: «Noch schöner wirkt der Raum, wenn keine Leute drin sind!»
Man spürt, der Mann kennt sein Handwerk und ist sich seiner Präsenz sicher.
Nach einer halben Zigarettenlänge ist die Sendung fürs Schweizer TV im Kasten. Das Kamerateam setzt sich plaudernd an den Schriftsteller-Tisch. Ich atme tief durch und erinnere mich ans Telefongespräch mit Vitali, mitsamt der Anregung Musik und Literatur in einem Buchmesse-Konzert an zu verbinden.
Seine Antwort: «Gute Idee! Doch es kommen nur bedeutende Schweizer Künstler in Frage!»
Das letzte Räuchlein seiner Zigarette löst sich vor dem scharlachroten Vorhang auf. Ich packe mein Buch ein. Zur Präsentation ist niemand aufgetaucht. Oder doch? Ein Satz eingemeisselt in

meinen Schädel. Er stammt von Gerhard Meier, einem der bedeutendsten Autoren der Schweiz: «Gibt es etwas Besseres, als ein erfolgreicher Schriftsteller zu sein, ohne bekannt sein zu müssen?»

6 Der Gedankengang

Der Gedankengang führte tiefer und tiefer. Bis man nicht mehr genau wusste, wo man sich hier befand und was man war. Ob noch Gedanke oder Gang. Nur eins war klar: Diese Wände waren von feiner bläulicher Struktur. Eine Substanz zwischen Birkenrinde und Krokodilshaut.
Wer Hände gehabt hätte sie zu berühren, hätte es genau gewusst.
Der Gang weitete sich. Er führte abwärts und es wurde kühl. Sehr kühl.
Schmale, transparente Stufen tauchten auf. Eingelassen in den Boden sollten sie den Füssen fremder Besucher einen Halt geben. Und etwas Sicherheit.
Nur, hier kamen keine Besucher zu Fuss vorbei, denen die Stufen leuchteten durchflossen von einer fluoreszierenden Flüssigkeit.
Da gab es einen Raum, eine Höhle so düster, wo die winzige Ideen als grosse Gedanke von den Wänden widerhallten. Wände? Was für Wände? Leinwände für Gedankenspiele? Oder bloss Spiegelungen aus der Tiefe der Seele?
Plötzlich eine helle Idee. Es wird klar, dass du dich

in einer Zwischenwelt befindest. In einem Raum aus Traum.
Und als unverhofft ein Lufthauch hereinpfeift, fröstelst du, suchst nach einem Ausgang, einem Weg in die Aussenwelt.
Es brummelt und gluckst wie unterirdische Quellen. Ein verborgener Abfluss vielleicht, der hinausführte? Ganz in der Nähe musste sich die Welt befinden. Hättest du Ohren, um zu hören! Rief da nicht jemand: «He hallo, komm raus?! Ohne dich ist das Leben sinnlos! Wir wissen, dass du da drin bist! He hallo Gedanke, jetzt aber komm, raus aus dem Kopf!»

7 Der Fund

Es dreht seinen Fund in der Hand: eine bläuliche Kugel aus Wasser und Lehm. Nicht besonders schwer, nicht besonders dicht an Masse. Nichts Aussergewöhnliches in den Weiten des Universums. Doch diese Kugel ist anders als andere. Sie weisst dekorative Muster und Strukturen auf, die die Neugier im Kind wecken.
Es beäugt seinen Fund näher: Da erheben sich Berge, da senken sich Täler. Es fliessen Flüsse ins grosse Blau. Dicht bebaute Zonen voll krabbelnder Lebenwesen neben leeren Wüsten.
Es betastet den gefundenen Schatz von allen Seiten, beschnuppert ihn, leckt an der Oberfläche.
Dann presst es ihn ans Ohr, wägt sein Gewicht in der Linken, wirft ihn hoch und fängt ihn – hoppela – mit der Rechten wieder auf: «Hoppela, Hoppela!» ruft es immer wieder und freut sich an dem Spielchen.
Doch allzulange dauert der Zeitvertreib nicht; zweitausend, vielleicht dreitausend Jahre. Dann beginn das himmlische Kind sich zu langweilen, und es wirft den Klumpen Erde weg.

8 Die Diagnose

Hastig zerrte er die Hose hoch, stopfte das Portemonnaie in die Tasche, zog die Tür zu und verliess seine Wohnung.
Frau Schenk war daran das Treppenhaus zu fegen. Mit einem «Guten Tag!» übersprang er die nassen Tritte. Erst als hinter ihm die Haustür einschnappte, fiel ihm ein, dass er keinen Schlüssel bei sich hatte. Naja? dachte er, Frau Schenk wird mir schon öffnen. Die ist ja immer zuhause. Kein Problem.

«Guten Morgen Herr Wenzlin, schon auf und munter!» grüsste die Frau am Kiosk, die ihn selten vor Neun sah. Sie zog seine Zeitung vom Stapel und klagte über den bösen Föhn. Der Sturmwind habe weitherum schwere Schäden verursacht, vor allem im Jura.
«Verrücktes Wetter, nicht?» Er nickte, reichte ihr die Zweifranken-Münze, bedankte sich und ging. An der Tramhaltstelle bemerkte er, dass er die Zeitung vergessen hatte. Aber er genierte sich, nochmals zurückzugehen. Er könnte das "Berner Tagblatt" ja auch im "Café Rudolf" lesen bei einer Tasse Kaffee.

Das 9er-Tram fuhr heran. Er steckte die gelbe Zehnfahrtenkarte in den Entwertungsschlitz und wartete auf den Piepston. Als er den Karton zurückzog, sah er, dass der Aufdruck fehlte.
Der Chauffeur blickte schon ungeduldig in den Rückspiegel. Also stieg Wenzlin ein und sagte sich: Falls ein Kontrolleur kommt, kann ich ihm alles erklären. Bin ja kein Schwarzfahrer. Wenn ein Automat kaputt ist, kann man den Fahrgast nicht dafür belangen!

Am Hirschengraben stieg er aus und setzte sich ins "Café Rudolf" an seinen Stammplatz. Die Uhr zeigte halb Zehn. Als Pedro seinen Kaffee und das "Berner Tagblatt" brachte, beglich er die Rechnung sogleich, faltete die grossformatige Zeitung auf und verschwand hinter den Schlagzeilen. Zeile um Zeile. Als er beim Wirtschaftsteil ankam, bestellte er noch ein "Passugger".
Es wirkt manchmal fast, als ob sich einige Nachrichten dauernd wiederholten, dachte er. Autos die sich auf dem Dach in ein Feld legten. Politiker, die Steuersenkungen versprachen. Ja, man könnte die Zeitung von letztem Monat zitieren, und kaum einer würde es merken. Bis auf das Bonmot in Mundart, das war jedesmal neu.

Zum Schluss lachte er über den Witz des Tages und studierte die Wetterkarte. Da knurrte der Magen.
Die Uhr stand auf halb Zwölf, als er dem Kellner ein Zeichen machte. Pedro brachte eiligst die Menukarte.
«Menu eins bitte, und ein Rivella rot!» Er machte rasch, weil der Hunger im Bauch unerträglich wurde. Mechanisch griff sich Wenzlin zwei Scheiben aus dem Brotkörbchen, kaute daran herum und drehte kleine Kügelchen.
Nach den 12-Uhr-Nachrichten flötete Julio Iglesias "Besame mucho" am Radio.
Er musste mal. Vor dem Toilettenspiegel im Untergeschoss benetzte er beide Hände und strich sich die borstigen Augenbrauen glatt. Als er zurückkam war der Saal voll mit Soldaten, die Stammtisch-Witze rissen.
Nur Wenzlins Essen war nirgendwo. Er kämpfte seinen Ärger nieder: Wieso sich ärgern? Ändert ja sowieso nichts!
Am Nebentisch zerteilte ein distinguierter Herr im Nadelstreifenanzug, der das Restaurant nach ihm betreten hatte, die zweite Bratwurst und schob sich Kartoffeln in den Mund.

Als er Wenzlins Verstimmung bemerkte, hob er entschuldigend die Schultern.
Wenzlin schlug das "Berner Tagblatt" auf, als die Blase sich nochmals meldete. Das kann doch nicht wahr sein! Lästige Prostata!
Er trippelte durchs Bistro und stellte sich im Keller nochmals ans Pissoir. Während dem Geschäft nahm er sich vor, dass er sich – wenn jetzt noch kein Teller auf dem Tisch stand – direkt beim Chef beschweren würde.

Es stand kein Teller auf dem Tisch! Sofort hob er die Hand. Der Kellner wieselte heran, putzte mit seinem Tuch ein paar Brösel vom Tisch und meinte freundlich: «Hat's geschmeckt?»
Er kritzelte er ein paar Zahlen auf seinen Block und reichte Wenzlin den Zettel:
1 Mineral | 1 Kaffee | 1x Menu 1
Total: 29 Franken 60
Wenzlin runzelte die Stirn, total verunsichert. Hatte er jetzt gegessen oder nicht!? Es konnte ja sein, dass…
Der spanische Kellner unterbrach ihn leicht genervt: «Stimmt etwas nicht, el señor?»
«Nein, nein!» Rasch zog Wenzlin das Portemonnaie hervor und blätterte einen Zwanziger hin.

Mit vierzig Rappen Herausgeld in der Faust verliess er das Restaurant, blieb eine Weile reglos in der Türnische stehen und starrte in den Mahlstrom der Passanten. Das Herz pochte, als wäre der Satan hinter ihm her. Punkt für Punkt ging er seine Situation nochmals durch; Szene um Szene: Kaffee getrunken / Menu 1 bestellt / 12-Uhr-Nachrichten gehört / zweimal zur Toilette / die grölenden Soldaten / der Kellner / die Rechnung.
Er kam zum Schluss, dass er gopfridstutz ausser einer Scheibe Brot nichts gegessen hatte. Sondern nur getrunken, ja doch. Und wie zur Bekräftigung meldete sich der Magen.
«Geschehe nichts Böseres! Aber die zwanzig Stutz kann ich mir wohl an den Hut streichen!» murmelte er vor sich hin, erstaunt, dass er sich nicht längst grün und blau geärgerte hatte.

Die Leute trieben als emsiger Insektenstrom über den Fussgängerstreifen. Wenzlin stand still und schaute auf die Ampel: sie zeigte Rot. Die Sonne brannte auf seinen Schädel. Ein paar Ungeduldige kümmerten sich nicht um das Signal. Sie gingen bei Rot über die Strasse.
Sowas von fahrlässig, wegen paar Minuten sein

Leben zu riskieren, dachte Wenzlin und wartet auf Grün.
Die Autos stoppten, aber das Volk drängelte sich an Wenzlin vorbei auf die andere Strassenseite. Er wartete und wartete. Bis es ihm zu blöd wurde. Jetzt fragte er den Nächstbesten, einen Studenten mit Fahrrad, wieso es für Fussgänger nie Grün werde. Ob die Ampel defekt sei?
«Pardon, aber grad eben zeigte sie Grün. Kann es sein, dass Sie die Farben im Gegenlicht nicht richtig gesehen haben?» erwiderte der Student. Mitgefühl schwang in seiner Stimme.
Die Antwort stürzte den guten Wenzlin in gänzliche Verwirrung. Aufgewühlt bahnte er sich den Weg über die Strasse, stiess mit dem Ellbogen gegen eine Frau mit Kinderwagen, entschuldigte sich und hastete weiter.

Auf der kleinen Schanze steht das Weltpostdenkmal. Davor ein Teich, den die Enten als Rastplatz auf ihrer Flugroute nutzen. Drum herum eine Wiese, gerahmt von Blumenbeeten. Im Sommer pflegte die Stadtgärtnerei hier Töpfe mit mediterranem Gewächs aufzustellen: Olivenbäume, Pinien, Hanfpalmen.

Wenzlin stützte sich aufs Geländer, das den Ententeich umgab. Er massierte sich den Knöchel, den er sich im Gewühl angeschlagen hatte und fragte sich: Wieso erlebe ich all diese Dinge?
Ist heute bloss ein katzenschwarzer Tag oder leide ich an beginnender Altersdemenz? Stehe ich unter dem Einfluss einer Droge, die man mir in den Kaffee geschüttet hat?
Er riss sich zusammen und wartete, bis der Atem wieder ruhiger ging. Dann betrat er die nächstgelegene Telefonkabine, blätterte durchs Telefonbuch und wählte die Nummer einer psychologischen Beratungsstelle.
«Ja, bitte so rasch als möglich!», hauchte er in die Muschel.

*

«Herr Wenzlin, Albert Wenzlin? Bitte nehmen sie doch Platz!»
Die Hand des Arztes fühlte sich kühl an. Er hiess den Patienten, sich auf die Couch zu legen, fragte nach Alter, Medikamenten, Familienverhältnissen.
«Ledig? Liebeskummer? Drogen?»
Wenzlin schüttelte dreimal den Kopf:
«Nein, Medikamente nehme ich ausser meinem

Blutdrucksenker keine. Und von Zigaretten, Alkohol oder sonst welchen Drogen lasse ich die Finger!»

Und nun schilderte Albert Wenzlin dem Arzt aus der Couch-Perspektive, was ihm an diesem verflixten Tag alles widerfahren war: diese Kette von Ereignissen. Von der vergessenen “Basler Zeitung“ bis zur Ampel, die nicht Grün werden wollte.

Der Arzt hörte zu. Mit einfühlsamer Psychologenstimme durchforschte er die Windungen und Abgründe von Wenzlins Wesen, suchte nach Anzeichen einer Depression, nach Indizien einer veränderten Wahrnehmung.

Irgendwann legte er die schmalgeränderte Brille ab, schaute direkt in die Augen seines Klienten und meinte schulterzuckend:

«Guter Mann, ich habe beim besten Willen nichts Anormales finden können. Sie sind, aus ärztlicher Sicht vollkommen gesund! Danken sie Gott, dafür! Aber wenn Sie’s wünschen zapfen wir ihnen noch etwas Blut ab und schicken es zur Kontrolle ins Labor!» Wenzlin schüttelte den Kopf.

Im Vorraum wurde ihm ein verschlossener Umschlag überreicht: Die Diagnose samt

Einzahlungsschein. Frischer Lebensmut durchpulste ihn, als er die Praxis verlies.

Er pfiff den “River Kwai-Marsch“ vor sich hin, öffnete für einmal seinen Blick und studierte die Wolkenformation, die vorbeizog. Er schaute einem Kranführer zu, der von hoch oben in seiner Kabine den Kran steuerte. Als sich das letzte von drei Betonelementen in die Baugrube gesenkt hatte, fasste Wenzlin einen Entschluss: Er würde zu Fuss nachhause gehen. Auf die Städtischen Verkehrsbetriebe mit ihren gestörten Automaten konnte er heute gut verzichten.
Beim Postamt überlegte er, ob er das geschuldete Honorar grad überweisen sollte: Bezahlt ist bezahlt; das belastet einen nicht mehr!
In der Schlange vor dem Schalter 7 riss er den Umschlag auf. Auf dem vorgedruckten Formular stand mit Schreibmaschine eingetippt:
PATIENT: WENZLIN ALBERT
DIAGNOSE: NICHTS

Unterschrieben mit Dr. H. Zehnder. Auf dem beigelegten Einzahlungsschein stand im Betragsfeld das Total: Fr. 00.00

Wenzlin warf sich auf den Absätzen herum und lief an den Wartenden vorbei aus dem Postamt hinaus. Sein Herz hämmerte infarktisch.
Er schaute weder rechts noch links, bis er wie in Trance die Monbijoustrasse erreichte: das Haus mit der Nummer 56.
Die Schnapptür war natürlich zu. Grad wollte er bei Frau Schenk im 1. Stock läuten, als er sah, dass das Schild mit seinem Namen fehlte. Etwa runtergefallen? Er bückte sich. Nichts! Er fuhr sich durchs Haar. Kein Albert Wenzlin? Blankes leeres Aluminium neben seinem Klingelknopf?

Jetzt musste er sich gegen die Briefkästen lehnen. In seinem Inneren jagte sich Bild um Bild. Das Gefühl für Zeit und Ort war verloren. Nicht einmal mehr ein Gefühl für sich selbst war da. Nichts als Leere. Eine Ballonhülle, aus der die letzte Luft entwich. Er stand da, eine Hülle von Mensch, ohne Zweck und Sinn.
In diesem Moment kam Frau Schenk mit dem Dackel vom täglichen Spaziergang zurückkam. Sie stellte dem blassen Mann, der vor der Haustüre stand, die etwas misstrauische Frage: «Kann ich helfen, suchen Sie hier jemanden?

Doch Wenzlin lief, ohne sie anzublicken über den Kiesweg aufs Trottoir und auf die Strasse. Direkt in einen dunkelgrauen Lieferwagen hinein.
So jedenfalls schilderte die einzige Zeugin, Frau Emma Schenk, den tragischen Unfall, bei dem ein unbekannter Mann an der Monbijoustrasse in Bern ums Leben kam.

9 Das Märchen von der Stecknadel

Es war einmal eine Schneiderin in Teheran. Eines Tages lernte sie einen Schweizer kennen, der als Ingenieur bei Brown Boveri arbeitete. Sie folgte ihm ins Land der weissen Berge. In der Stadt Bern hielten sie Hochzeit.
Drei Jahre danach starb der Mann bei einem Autounfall. Schneiderin Mariam musste fortan allein für sich und ihre zwei Kinder sorgen. Dank einer guten Witwenrente und dem Nähatelier vis-a-vis der Kaufmännischen Berufsschule kam sie über die Runden.

Eines Tages, es war im Juni, vier Jahre vor der Jahrtausendwende, und die Schule bereitete sich auf die Abschlussfeier vor, da betrat ein Mädchen ihren Laden und bat um ein paar Stecknadeln. Sie müsse zur Abschlussfeier der Schülerband ein Transparent aufhängen. Leider habe sie ihre Nadeln zuhause vergessen. Mariam freundlich und hilfsbereit wie sie war, half gerne aus.
Eine paar Tage danach kam der Leiter der Schülerband persönlich vorbei, um sich bei der Schneiderin zu bedankten. Als er beiläufig erwähnte, dass er neben dem Beruf als Musiklehrer auch noch

Schriftsteller sei, stiegen Mariam Tränen in die Augen. Sie entschuldigte sich für ihre Unbeherrschtheit und berichtete vom grausamen Regime in ihrer geliebten Heimat, das einen befreundeten Schriftsteller und Journalisten verfolgte. Sie fürchte sehr um sein Leben. Er sei als Redaktor einer oppositionellen Zeitung ins Visier der "Revolutionswächter" geraten.
«Aber was kann eine einfache Frau wie ich tun? Er wurde von den Mullahs schon zu 35 Peitschenhieben und zwei Jahren Berufsverbot verurteilt, wegen Gotteslästerung! Was für ein Unsinn! Gerade eben habe ich wieder mit ihm telefoniert!»
Sie wischte sich die Tränen von den Wangen und schloss: «Die Mullahs werden ihn töten, ich weiss es! Das sind religiöse Fanatiker! Zu viele unserer besten Söhne und Töchter, zu viele unserer Denker und Künstler haben sie schon hingerichtet! Ach, Abbas muss den Iran verlassen, und zwar rasch!»
Der Musiklehrer, der ihr wortlos zugehört hatte, schenkte ihr ein paar tröstliche Worte und eilte aus dem Atelier.
Am nächsten Tag traf ein Fax beim PEN-Club Schweiz ein und dann eine E-Mail bei Amnesty

International London. Weltweit intervenierten Menschenrechtsorganisationen für den iranischen Schriftsteller Abbas Maroufi. Eine RAPID ACTION wurde gestartet.

Als der Musiklehrer in der nächsten in den Laden der Schneiderin trat, strahlte diese übers ganze Gesicht und erzählte ihm bei einem Kaffee gute Neuigkeiten. Abbas sei mit einem gefälschten Pass per Linienflug nach Frankfurt ausgereist. Er habe sie aus Deutschland angerufen. Doch nun bange sie um die zurückgebliebene Familie: um seine Frau Anaram und ihre beiden Töchter.

Von nun an ging der Musiklehrer regelmässig bei die Schneiderin Mariam vorbei, um mehr über das Schicksal des Schriftstellers und seiner Familie zu erfahren.
Und eines Tages – ein paar Monate später – umarmte ihn in Nähatelier ein Mann mit dunklem Schnurrbart. Er sprach Farsi und keine Silbe Deutsch, und die Schneiderin übersetzte seine Worte:
«Ich danke Ihnen mein Freund auch im Namen meiner Familie für Ihren Einsatz! Dank Ihnen haben wir nie die Hoffnung aufgegeben und

schliesslich die Flucht aus der Heimat gewagt. Wir leben jetzt in Deutschland im Haus von Heinrich Böll. Ich bin Abbas! Mein Freund, komm uns doch einmal besuchen!»

Der Schriftsteller ist gestorben, das Märchen lebt weiter. Und der Musiker hat dem Schriftsteller ein Lied geschrieben.

10 Der Himmel über Lausanne

Juni. Seit Wochen hängen die Wolken überm Land und verbreiten in der ganzen Schweiz Trübsal. Nur in Lausanne ist der Himmel blau.
Die Sonne blendet die paar Rentner, die vor mir aus dem Zug steigen. Ich nehme die Metro nach Ouchy. Am See setze ich mich auf eine freie Bank. Abschalten. Wärme tanken.

Eine Gruppe von Kids in Latzhosen tanzt um einen Ghettoblaster. Pedalos fahren auf den See. Ein Mexikaner auf der Nachbarbank erklärt seiner Begleiterin, weshalb die Schweizer das Referendum gegen neue amerikanische Militärjets ergriffen hätten. Eine Spätzin baut ihren Spätzchen in der Platane ein Nest. Alleinsein. Frei am vom Alltag.

Alleinsein? Freisein? Da ist noch etwas Stärkeres. Es lässt mich nicht mehr sitzen. Es heisst mich aufstehen und führt mich direkt zur Mini-Metro. Oh blau-weisses Bähnchen voller Austausch-Schüler, die hier in der Romandie zusammenkleben wie Speck und Rösti!

Bei der Haltestelle «Flon» steige ich aus. Die Türe schnarrt. Das Bähnchen rattert retour. Dann

geschieht es! Es kommt mir entgegen: die Stadt Lausanne mit Häusern, Strassen, Trottoirs, Menschen. Mir ist ich sei diesen Weg schon oft gegangen, und an jeder Hausecke erwartet mich ein neues Déja-vu. Dazu ist dieser Druck hinterm Brustbein. Als zeige das Leben von innen her mit wunden Fingern auf die Welt da draussen.
Spinne ich? Wieso kenne ich all die Szenen schon: Das Abglitschen mit dem linken Schuh am Randstein – das Quietschen eines Velos auf der Kreuzung – das Kind mit dem roten Ballon. Schritt für Schritt, Augenblick um Augenblick gleite ich von einem Abenteuer zum nächsten. Von Moment zu Moment. Jede Begegnung ist erwartet. Jeder fremde Blick vertraut. Das fährt ziemlich ein. Unheimlich.
Die Füsse führen, der Körper folgt. Am Hemdkragen bildet sich Schweiss. Die Hände verkrallt am Hosenbund. Und was ist, wenn ich mich verlorengehe, nicht mehr herausfinde aus dem Labyrinth der Ladenöffnungszeiten? Überrollt von den Fahrplänen abfahrender Züge, ankommender Busse? Als Traumtänzer unterwegs in einer Welt ohne Zeit, verloren zwischen Vergangenheit und Zukunft?

Vor einer Buchhandlung lese ich alle Buchtitel der Auslage durch. Das beruhigt. Die Verkäuferin lächelt mir durchs Fenster zu. Sekundenbruchteile bevor mich ihr Lächeln trifft, weiss ich, was sie denkt: «Il n'est pas du coin! - Er ist fremd in der Stadt!»
Es ist Freitag. Das Aroma von Croissants, Espressos und Pizzas steigt in die Nase. Natürlich, ich könnte stehenbleiben. Aber sich treiben lassen ist schöner. Diese Aura, diese Welle reiten. Einen Meter über dem Boden schwebend. Gestreift von den Nebensächlichkeiten des Alltags. Von französischen Emotionen.
Jetzt steil die Gasse hoch! Schon vor der nächsten Ecke weiss ich: jetzt nach links abdrehen! Und wieso kenne das Geländer dieser Brücke, die über die Hausdächer in den höher gelegenen Stadtteil führt? In ein Quartier, das ein Lebensmüder niemals erreicht, weil er sich von der Brücke stürzt? Ich lebe, und ich weiss: Die stark befahrene Brücke kann ich gefahrlos überqueren, die Strassenseite blind wechseln: Kein Auto wird mich erwischen. Ich brauche nicht mal aufzupassen, weil Es auf mich aufpasst, weil Es zu mir schaut. Und weil Es meine Schritte lenkt... Nein, ich fürchte mich

nicht. Ich lasse mich führen. Vertrauen ist besser als Kontrolle an einem Tag wie heute.

Seltsam erregt zwischen Traum und Trip rieche ich den Atem dieser Stadt mit 130'000 Einwohnern und der grössten Kathedrale der Schweiz. Ans stählerne Brückengeländer gelehnt, füge ich die Mosaiksteinchen der Momente zusammen, halte mich fest an kleinen Dingen: An der offenen Fensterluke einer Mansarde. An einem Liegestuhl gelb-weiss gestreift. An den sonnenüberfluteten Dächern. Am Turteln zweier Tauben. Die Grössere versucht die Kleinere zu besteigen. Frühling ist's.

Mein Atem stockt. Ist diese Brücke nicht die Lieblingsbrücke der Selbstmörder von Lausanne? Lebt hier nicht ein alter Kauz, der es für seine Pflicht hält, Menschen vom Springen abzuhalten? Woher ich das alles weiss? Pas d' idée. Weitergehen, einfach weitergehen. Ruhigbleiben.
Da zupft mich etwas am Ärmel und meint: Compañero, wohin gehst du? Ins Studentencafé? Oder dran vorbei und hoch zur Kathedrale?
Schon geht der nächste Zauber los: Exakt im Herzschlag des Gedankens kommt ein Pärchen von

links auf mich zu. Hand in Hand, wie ich's vorausgeahnt habe.
Ich rede mir zu: Merde alors, du bist im Jahr 2020. In der Schweiz, mon chèr! In der Stadt, wo Charlie Chaplin shoppen ging.
Zuhause hast du eine Frau, zwei fast erwachsene Sprösslinge. In der Mappe einen Stoss Examens-Aufsätze zum Korrigieren. Das hier ist weder Afrika, noch Indien, noch sonst ein Kontinent, wo man Vodoo und andere Hexereien praktiziert. Du bist im nüchternen Land der Eidgenossen. Jetzt setz dich mal irgendwo hin und korrigiere deine Aufsätze!
Ein paar Dinge kristallisieren sich heraus: Die Sonne scheint warm auf die Arme. Die Gassen riechen vertraut: Die Leute sprechen Französisch. Ist's etwa der lateinische Charme, der mich in Trance vor sich hertreibt? Sind's die Zeilen eines Chansons, das mich entführt Strophe um Strophe in ein Déja-vu, in dem sich ein Moment auf den nächsten reimt?

Vor der Kirche lümmelt eine Clique von Amis in Shorts. Ich setzte mich auf die Steintreppe. Die Hitze steigt in die Hose, erregt die Phantasie. Aufstehen und weitergehen in diesem surrealen Film!

Da ein Park – Sitzbänke – gottseidank! Doch ehe ich mich zur Ruhe setzen kann, jagt das blaue Strassenschild: "St. Michel" den Puls wieder in die Höhe. Das Schild kenne ich, genauso wie all die Szenen auf diesem Spaziergang!
Der sanfte Druck hinterm Brustbein nimmt zu, als klopften zwei Herzen um die Vorherrschaft. Das eine schlägt für mich; das andere schlägt für Es. Was ist bloss los? Der Rausch vor dem Vollmond? Jetzt lässt mich eine Bank sitzen. Die Augen geschlossen summe ich leise: «Ooom, Ooom!» Allmählich beruhigt sich der Herzschlag. Alles ist gut. Nimm den Augenblick, er gehört dir! Nur dir! Hey Mann, don’t worry – be happy!

11 Die Plexiglas-Odyssee

Das erste Kunststoffglas setzte ich 1974 ins Flachdach meines Hauses ein. Damals ein Novum auf Filicudi, der “Insel hinterm Mond“.
Im Winter trommelte der Regen seinen Hardrock aufs Glas. Im Sommer kratze der Sand der Sahara daran. Über die Jahre erblindete das Teil und wurde spröde. Ein krachender Hagelschlag und die Küche wäre unter Wasser: kein schöner Gedanke!
Zwanzig Jahre sind ein superlanges Leben für ein Plexiglas. In dieser Zeit, sind Mauern gefallen; sind kalte Krieger alt geworden, haben Feinde sich die Hand gereicht. Europa im Umbruch.
Nur Italien bleibt Italien und rettet sich von einer Regierungskrise zur nächsten. Präsidenten werden ins Amt gehievt und gestürzt: aber das Plexiglas hält, die Zisternen füllen sich mit Wasser vom Dach. Hier auf der entlegensten aller italienischen Inseln. Fernab der Zivilisation.
Vorsichtshalber beschloss ich das alte Teil gelegentlich durch ein neues zu ersetzen.

Klar sind in Sizilien solche Artikel nicht im Do-it-yourself um die Ecke erhältlich. Dieses Geschäft organisierst du von der Schweiz aus, geht zehnmal ringer, dachte ich.

Erster Gesang

Im Februar 1993 bestelle ich telefonisch bei einer Berner Firma ein Polycarbonat mit den Massen 100x150cm. Eine Woche darauf kriege ich das Päckchen an die Fischermättelistrasse 14 geliefert. Drin ein Polycarbonat-Plättchen vom 10x15 Zentimeter. Einzig die Dicke stimmt: 6 Millimeter. Telefon. Irrtum! Entschuldigung. Ich solle doch besser persönlich vorbeikommen.

Also steige ich in die S-Bahn nach Niederwangen und latsche zum Laden.

Vor Ort lasse ich mir das Objekt zentimetergenau zurechtschneiden. Präzis einen Meter auf eineinhalb Meter, nicht mehr und nicht weniger. Es passt perfekt unter den Arm, wiegt nicht allzu schwer.

Das Taxi, das mich zur Poststelle gefahren hat, ist schon weg, als mir die Postangestellte mitteilt, dieses Mass übersteige leider jedes Mass für Pakete nach Italien. Auch wenn es nur 16 Kilogramm wiege.

«Was soll ich tun?» frage ich verwirrt.

«Bahnfracht!» sagt sie bestimmt!

Das nächste Taxi, das die hilfsbereite Dame für mich bestellt hat, hält vor einem Gebäude mit grauen Betonräumen direkt hinterm Bremgartenfriedhof. Auf einem Schild steht: "Güterabfertigung".
Der Bahnangestellte durchblättert einen dicken Ordner, bis er Sizilien gefunden hat, Messina und dann Milazzo. «Okay, Bahnfracht bis Milazzo? Und von dort?»
«Von Milazzo fahren nur Schiffe auf die Liparischen Inseln. Milazzo Stazione heisst der Bahnhof. Milazzo schreibt mit zwei Zett geschrieben! An der Nordküste von Sizilien!»
«Prima, das kostet keine Welt» brummelt er, «kann aber schon drei Monate dauern. Ist eben Italien!»
Der Deal ist gefixt. Erleichtert notiere ich zuhause in meiner Agenda: Plexi, Stazione di Milazzo, Ankunft zirka Ende Juni 93.
Der Sommer geht ist Land. Irgendwo und irgendwann geht das Plexiglas auf der Reise in den wilden Süden verschollen.
Franco, mein Mann auf der Insel hat zwar irgendwann im Sommer einen Anruf bekommen, aus Messina, glaubt er sich zu erinnern. Nur weiss er

das nicht mehr so genau.
Im Juli erkundige mich bei der Aufgabestelle in Bern. Der Beamte kratzt sich am Schädel: «Was, noch nicht angekommen? Aha, hier wohl liegt das Problem! Milazzo ist aus dem Katalog der Bahnfracht gestrichen worden. Leider. Ihr Frachtgut ist sehr wahrscheinlich in Messina gestrandet.
Wir rufen Sie zurück, wenn geklärt ist, bei welcher Speditionsfirma genau! – Oder noch besser. Geben sie einen Laufzettel auf!»

Früh im Frühling 1994 kommt der Laufzettel zurück mit detaillierten Angaben.
Angekreuzt ist das Feld: "Die erwähnte Sendung ist eingetroffen am. *12. 04. 94 Introdotto in dogana, destinatario malgrado ripetativi avvisi non avra svincolatto!*
Darunter als Information wo und bei wem das Frachtgut liege. Und bis wann es abgeholt werden muss gegen Bezahlung einer Lagergebühr; ansonsten es preisgegeben werde oder verkauft.
Gut, dass Franco einen kennt, der einen kennt, der ab und zu mit dem Lastwagen nach Messina fährt, Nino Impelizzeri: Lastwagenfahrer.

Ihn rufe ich aus der Schweiz an. Er solle bitte das verflixte Plexiglas bei der Firma "Omni Express" abholen ehe die Frühlingsstürme losbrechen und die Autofähre den Betrieb temporär einstellt.
«Non preoccuparti non preoccuparti!», flötet er in die Muschel, er werde es subito grad morgen abholen.
Der Sommer geht ins Land, der Herbst, September, Oktober, November, Weihnachten, Neujahr. Morgen ist morgen. Sizilien ist Sizilien.
Im Februar 1995 gebe ich mein allwöchentliches telefonische Überzeugungsgespräch mit diesem Nino auf.
Lorenzo, ein Italo-Amerikaner, der auf Filicudi ansässig geworden ist, springt ein. Er verspricht mir, das Glas persönlich vom Festland auf die Insel zu holen.
Im März klingelt es an meiner Schweizer Haustüre. Lorenzo steht da, mit der Vollmacht in der Hand, die ich ihm hatte zukommen lassen und entschuldigt sich tausendmal, dass er nicht dazu gekommen sei, das Ding zu abholen.

Wir verbringen einen Abend zusammen und kramen in Erinnerungen. Aber langsam dämmert es mir: dieses verflixte Glas wird den Weg nie auf mein Dach finden!

Zweiter Gesang

Im Frühjahr 96 bekommt Franco von mir den Auftrag, ein sizilianisches Plexiglas zu besorgen. Zwölf Monate später der erleichternde Telefonanruf, das Glas sei da, er werde es vor meiner Ankunft einbauen. Alles sei ein bisschen verzögert wegen der Geburt seiner Tochter Nadia.

Im April kehre ich auf die Insel zurück für Ferien. Der Mund bleibt mir offen: das ALTE Glas schimmert vom Dach herab. Einfach frisch einzementiert. Franco erklärt mir, das neue Glas sei erstens zehn Zentimeter zu klein ausgemessen gewesen; zweitens ganz normales Glas, weder erdbebenfest noch schlagfest sei. Beim Hochtragen zu meinem Haus habe er sich damit die Hand verschnitten, weil das schwere Teil unverpackt unterwegs gewesen sein. Er hat es ins Magazino zum Werkzeug gestellt.

Dritter Gesang

Bauunternehmer Giovannino nimmt sich meiner an. Das Problem sei ein Kleines, *non preoccuparti.* Plexiglas kriege man fast überall auf Sizilien. Bis spätestens in einem Jahr sei alles montiert und ich könne wieder ruhig schlafen.

Frühling 1998. Unterdessen bin auch ich Vater geworden. Als kleine Familie reisen wir zu dritt auf die Insel.

Ein Telefonat half abklären, was bezüglich des Plexiglas‘ los sei. Die Erklärung beruhigt: Das Glas sei da und werde bei unserer Ankunft im Mai eingebaut sein.

Nach der Ankunft belehrt mich der Blick an die Küchendecke eines Besseren: Das ALTE Plexiglas! Franco windet sich und erklärt mir händeringend, es sei eine längere Geschichte. Die in Sizilien hätten ein dünnes Lamellenplexiglas voller Hohlräume geschickt. Zu wenig stabil für ein Fenster im Dach. Der Preis: 150‘000 Lire. Er habe es ins Magazin zum ersten Glas gestellt, an dem er sich die Hände zerschnitten hatte.

Der Sommer 98 angebrochen. Und er wird sehr heiss. Das 22jährige alte Plexiglas beginnt sich unter der Sonne zu biegen. Im Olivenbaum singen die Zikaden. Ich habe Onofrio mein Leid geklagt. Jetzt will er sich um ein Plexiglas kümmern. Er kenne einen in Sizilien drüben, der einen kennt, der...

Abgesang

Mit einem Grosstransport aus der Schweiz ist mein Plexiglas auf der Insel angekommen. Dank Yoyo, einer Kunstgaleristin, die mir diesen Dienst erwiesen hat. Eine echter Lichtblick, das neue Plexiglas im Dach.

12 Der Americano

Mitten in der Macchia hörte der Weg auf. Versengte Olivenstrünke streckten mir ihre Armstümpfe entgegen. Nichts scheint den endgültigen Zerfall dieses Inselparadieses aufhalten zu können: der Regen fegt den Humus weg, die Trockenmauern – aufgebaut von Tausenden von Händen in Hunderten von Jahren – krachen in sich zusammen. Altgriechenland nimmt Abschied.

Lorenzo hatte mich erwartet. Wie ein Monument stand er über mir im Hang vor seinem Grundstück und kraulte einem Esel die graue Mähne. Ein Mann der Macchia. Gross und hager, um die Dreissig, mit kurzem krausem Haar und jenem buschigen Schnauz, den alle Grossväter auf den Emailfotos im Friedhof von *Val di Chiesa* trugen.
Kein Fussbreit kam er mir entgegen, doch sein Händedruck verhiess Freundschaft. Ich schnaufte vom Aufstieg im Geröll. Züngelte dunkler Spott auf in den Lavakratern seiner Augen?
Dachte er: wer mich besuchen will, muss sich abschinden, den Zerfall spüren? Er muss die Geschichte der Emigration auf eigenen Beinen erleben: den Spiessrutenlauf ins Paradies voller

Stechginster und Kakteen.
Nur mit Mühe konnte ich Schritt halten auf den letzten Treppenstufen. Er ging im Sturmschritt wie der Nordwestwind. Sizilianer im Blut – Amerikaner im Pass. Mit weit einer ausladenden Geste deutete er auf sein Haus: Neun Wände, ein Dach. Man spürte, er war mächtig stolz auf die Ruine. Eine Rauchspirale hing über der Loggia. «Mangiamo insieme, fuori?» Ich nickte und spürte, wenn einer Sturm, Erdbeben und hemdsärmeligen Einheimischen Paroli bieten kann, dann Lorenzo!
Und ich begriff, weshalb die Filicudaner einen derartigen Respekt vor dem *Americano* hatten. Er war zum Fürchten arbeitsam und dazu ganz einfach ein gutaussehender und cleverer Typ.
Die Ruine hatte sich massiv verändert. In die improvisierte Pergola rankte sich eine Weinrebe; die Zisterne war mit einem eisernen Deckel verschlossen und die Tür zur Küche marineblau gestrichen. In einem Gemüsekistchen blühten Geranien.
Man merkte: Hier schwang einer Farbpinsel, schleppte Zementsäcke, hackte den halben Berg entzwei wie ein Irrer. Er rackerte sich ab für sein Fleckchen Erde.

Vielleicht fürchtete man sich auch deshalb vor dem Fremden, weil er Gespenster der Vergangenheit aufweckte.
Aus dem Nichts aufgetaucht, sprach er den lokalen Dialekt und war dennoch ein *Americano*; einer der vorgab nach dem Rechten sehen zu wollen. *Porca miseria!* Dreitausend Auswanderer waren nach Amerika, Argentinien und Australien emigriert! Wenn deren Enkel alle aufkreuzten, um den Insulanern die in Beschlag genommenen Besitztümer streitig zu machen? Dann war hier der Teufel los!

«Lucy, my wife!» Die zierliche Blondine passte in die Russküche wie Schneewittchen in eine afrikanische Lehmhütte. Bleich, mit verwaschenen Händen und Augen lebendig wie die irische See so stand sie am Gaskocher. Ich umarmte sie aus Respekt für ihren Mut: Was für eine Courage, sich hier im gottvergessenen Süden ein neues Leben aufzubauen. Zu zweit gegen tyrannische Feuer, gegen Wassermangel, gegen vorwitzige Kaninchen und die felsenfeste Mentalität der Insulaner.

Schon ein ganzes Jahr hausten sie in einem Schlaf- und Küchenzimmer. Ausgestattet mit

einem Tellerservice, einem Gaskocher und zwei Rucksäcken voller Romane.
Und ich frage mich: Waren das zwei Idealisten, zu sich heimgekehrt? Oder eher zwei aus den USA geflüchtete Wohlstandskinder? Einen Winter hatte sie schon überstanden. Hut ab!

Wir setzten uns vor dem Haus an ein Tischchen aus dürrem Doldengewächs gebaut. Es wackelte im Wind. Und *Biscotto*, ein zugelaufenes Hündchen, rupfte verspielt an meinem Hosenbein.
Hinter uns im Hof – oder besser: in den vier stehengebliebenen Wänden, wo eines Tages vor 80 Jahren Lorenzos Grossvater seiner *Mugghiera* den schweren Entscheid zum Auswandern ins Ohr geknurrt hatte, scharrten ein paar Hühner.
Der Himmel füllte sich nach und nach mit Sternen. Sie leuchteten ins dachlose Geviert, glitzerten in unsere Gläser gefüllt mit billigem sizilianischem Roten. Erleuchteten sie auch die Abgründe der Seele?
Lucy begann als erste zu plaudern. Man merkte, dass ihr englische Konversation gefehlt hatte.
Sie sprach leise, fast zärtlich von ihrer Family in Boston während Lorenzo an einem Bissen Salami kaute. Man merkte ihm an, wie er im Kauen ganze

zerfallene Dorfschaften wieder aufbaute, dem Haus ein Dach überzog, ein WC aushob, einen Weinberg anlegte und einen Zaun zog gegen wild weidendes Vieh.
In ein paar Jahren würde er kistenweise Kapern in die Europäische Gemeinschaft exportieren. Wenn es in dem Tempo weiterging.
Lucy schwärmte von der tiefen Ruhe an diesem Ort, von der frischen Luft, dem Lavendel und Rosmarin ums Haus. Ihr Larry spuckte einen Olivenkern ins Nirvana. Dann begann er über die *Ignoranza* und *Stupidità* der Insulaner zu lästern, die aus purer Faulheit statt zu jäten Brände legten. Und den Fischfang aufgaben, nur um ein paar neureichen Advokaten aus Mailand oder Rom die Villen zu streichen.
Lorenzo brannte wie ein Whisky. Fieberhaft liess er die Gabel zum Mund fahren. Lucy lächelte und schenkte Wein nach und fragte nach einem Medikament für den Hund, wandte sich dann aber ohne die Antwort abzuwarten ab. Ihre blauen Augen dem verlöschenden Horizont zugewandt. Im letzten Pomp des Tages thronte gross und mächtig der Ätna 3400 Meter über Sizilien. Mit seiner Mütze aus Schnee.

Es wurde Nacht, aber nicht dunkel. Der Mond liess sein schwefliges Petrollampenlicht übers Land fliessen. Lorenzo erzählte von im Meer versunkenen Kirchen; von Piraten, die Bräute entführten; von einer neolithischen Siedlung, deren Ort nur er kenne.
Ich lauschte dem Klang seiner Worte und sagte, Yeah, Yeah! denn das alles passte so wunderbar in die ätherische Leichtigkeit unseres Seins unter dem tintenblauen Firmament.
Ich sagte mir: Mann, bist du je unter einem klareren Sternenhimmel gestanden? Das ist unverschämt paradiesisch!»
Auf einmal hörten die Hühner auf zu scharren. Lorenzo starrte mit angehaltenem Atem den Abhang hinab: ein Indianer auf der Hut. Lucy blies das Petrollicht aus, oder tat es der Wind? Und ganz langsam gewöhnen sich die Augen ans Dunkel. Die Konturen der Insel schälen sich heraus: Kirchturm, Schule, Friedhof und weit unten der Hafen. Das Irrlichtern der Wellen, die chromfarben glitzernde Mondspur überm Meer. Sie zielte genau auf uns.
Der Hund hatte den Kopf gehoben; erregt den Schwanz aufgestellt. In Lorenzos Blick glomm

plötzlich etwas Fanatisches, Dunkles. Oder lag es am Schlagschatten in seinen tiefen Augenhöhlen?

Die zwei frisch gepflanzten Olivenbäumchen zitterten wie in einem Erdbeben. Der ganze Berg wurde ein grosses Ohr, das in die Dunkelheit horchte. Etwas war da draussen. Es kam von weither. Jetzt glitt es langsam und fast geräuschlos über unsere Köpfe hinweg, rauschte zurück in die Nacht: der dunkle Schatten eines Raubvogels.
«Interpol sucht dich!» schoss es aus meinem Mund. Ich erschrak über die eigenen Worte, aber da war es schon zu spät.
Lorenzo donnerte die Faust auf den Tisch und zischte: «Jetzt weiss ich, wo das verdammte Huhn geblieben ist!» Und dann traf mich sein vernichtender Blick. Und ich wusste, dass unser Wald *Il Bosco di Lorenzo e Rolando* gerade gestorben war. Wir würden weder Pinien noch Palmen kaufen. Wir würden keine Feuerschneise schlagen; kein grünes Zeichen setzten für Mutter Natur. Wir würden keinen einzigen Quadratmeter aufforsten hier oben auf Montepalmieri.

Vier Monate sind vergangen. In meinem Briefkasten in Bern liegt eine Nachricht von Lucy.
Sie hat Filicudi verlassen und sich von Lorenzo getrennt. Er sei kurz nach unserer Begegnung von der italienischen Polizei verhaftet worden.

Von Interpol zur Fahndung ausgeschrieben sitzt er in Messina in Auslieferungshaft. Wegen Mordes in den USA.

13 Stromboli, eine Nacht auf dem Vulkan

Der Himmel überm Vulkan trägt schönstes Sonntagsblau. Ein laues Lüftchen geht. Eins, das niemandem ein Härchen krümmen kann. Auch nicht im Bart von Windgott Äolus. Schon sind wir auf halber Höhe. Der Berg rumort. Überm Gipfel steigt ein Rauchpilz auf.

Wir tanzen bergauf Tango: Zwei Schritte vorwärts, einen zurück. Die Schuhsohlen rutschig. Sand knirscht unter den Füssen, zwischen den Zähnen, zwischen den Zehen, überall.
Plötzlich endet der Pfad. Wir stehen still. Tuff rieselt. Jetzt geht's hinein in den kohleschwarzen Grat: die dunkle Prüfung vor dem Gipfel. Hier bleiben die Führer und ermahnen die Touristen, sich dicht hintereinander zu halten und das Fotografieren zu unterlassen.
Il regno del diavolo! Schwarz wie der Teufel ist diese Einöde. Keine heitere Farbe fürs Auge. Kein freundlich sprudelnder Bach. Kein saftig grüner Halm. Und auch keine Wegmarkierung.
Wir drehen uns nochmals um, zu den Spielzeug-Klötzchen von Häusern. Dort, tief unten die hell lächelnden Flachdächer. Das Dorf. Das Objektiv

zoomt die Quader der Häuser ganz nah heran: kalkweisse Dächer über schwarzem Strand. Dann legt Stromboli sich schlafen; der Horizont schliesst seine Wimpern.

Wir stehen am Rand der Nacht in der Gipfelzone. Kein Baum. Kein Busch. Schwarze Lapilli und Geröll. Schwefelgestank. Links geht‘s neunhundert Meter runter zum Meer, rechts fünfzig hoch zum Feuerkrater ... und von da aus in steilen Lavakammern zum Mittelpunkt der Erde.
Das ist kein Land für Menschen. Tot bis auf ein paar koldernde Krähen und fernes Stimmengebrumm.
Im letzten Licht stehen wir auf dem höchsten Punkt und verstummen am archaischen Muttermund der Erde, der jede Viertelstunde blutiges Magma aus viertausend Metern Tiefe emporschiesst.

Die Sonne versinkt im Meer. Etwas grollt – es kommt nicht vom Vulkan. Es kommt von weiter draussen übers Wassern. Und jetzt dämmert es dem Hintersten in dem Trüppchen von Wanderern, das sich hier um den Kraterrand geschart hat: Es braut sich etwas zusammen.

Es wetterleuchtet überm Meer. Wolkenfäuste ballen sich. Ein Knistern liegt in der Luft.
Aus Nordwesten reissen Blitze gleich Messinghämmern den Vorhang auf zum ersten Akt in einem Drama aus Feuerglut und Wasserdampf. Zum Tanz der Titanen auf dem Vulkan.

Ein paar Mutige haben sich hinter den meterhohen Unterständen aus Stein eingenistet. Die Vernünftigen schieben ihre Kamerastative zusammen und ziehen in einer langen Karawane ab. Zum *Arrivederci* brüllt der Vulkan noch einmal auf, schleudert feuerglühende Lavafontänen aus dem Hauptkrater über den Grat hinunter ins aufzischende Meer. Kameraauslöser klicken. Blitze krachen.
Nun fegt Böe um Böe heran. In Windeseile ist der Gipfel in Wolken verpackt. Man sieht nicht mehr die eigene Hand vorm Gesicht. Dunst durchfeuchtet das Haar, durchkämmt es mit fetten Fingern.

Spannung liegt in der Luft … Zwischen den irrlichternden Blitzen ist's, als streichle dir jemand über die Stirn. Vergraben in unsere Windjacken erleben wir, wie sich unsere Haare aufstellen: lotrecht wie Pfauenräder. Und aufs Mal kapieren wir, dass wir pure Blitzableiter sind. Bestes Leitmaterial aus

Wasser und Blut zuoberst auf dem Berg. Und elektrostatisch voll aufgeladen.
Aus dem Lichtkegel ihrer Taschenlampe schreit mir Nicole durch den Sturm zu und lacht: «Du siehst aus wie ein Ausserirdischer, schnell, komm!»
Es donnert und man ahnt, irgendwo macht sich der nächste Blitz bereit. Sucht sich den Weg des geringsten Widerstands, wird vielleicht in warmes menschliches Fleisch einschlagen, das in eine Jacke gehüllt klamm oben auf dem Gipfel steht.
Es beginnt zu schütten dass Gotterbarm. Nicole lacht nicht mehr. Der Sturmwind hält ihr den Mund zu, fetzt ihr die Kapuze ins Gesicht.
Wir werfen uns zu Boden, da wo wir stehen.
Schattenhafte Schemen wanken an uns vorbei: Frauen in nichts als dünnen Leggins und Sandalen. Ihre Haare wie Pfauenräder aufgestellt. Irrwitzig. Und sie haben es selbst noch gar nicht bemerkt.
Wir robben zu einem Unterstand im Windschatten einer Trockenmauer aus Lavablöcken gebaut. Und gerade als wir uns etwas sicherer fühlen, beginnt die Hauptvorstellung:
Ein ausserirdischer Wasserwerfer knüppelt alles

nieder, was ihm im Weg steht. Rucksack, Kamera und Filme werden nass. Aber das ist unbedeutend. Jetzt geht's ums nackte Überleben. Aneinandergepresst liegen wir zwei Würmchen auf der Erde. Wie Neandertaler in Eolos Wutwetter. Von Blitz und Donner geprügelt, von Wasser und Sturmwind gesalzen.
Aus den Fingerspitzen der hochgereckten Hände züngeln blaue Flämmchen. Es wird Nacht; und die Nacht zu einer einzigen dramatischen Orgie. Der Orkan versucht uns den Verstand aus dem Leib zu blasen, uns auseinander zu reissen. Er schwemmt die Augen zu, zerrt am Verstand. Der Nebel, die Nässe, das Aroma der Angst vermengt zu einem betäubenden Gemisch.
Hier sitzen zwei bibbernde Wesen in einer prasselnden Ursuppe auf sich selber gestellt. Und sie flehen zum Wettergott, der sie nicht hört, sondern sie gnadenlos zurückpeitscht in die Urzeit der Gefühle. In die Steinzeit nackten Überlebens.

Die Daten im Kopf sind gelöscht. Die Herkunft vergessen. Name. Sprache. Geschichte. Geschlecht. Blitz und Donner halten das Herz auf Trab, es schlägt wie eine warme innere Glocke in der

Kathedrale des Körpers. Die Zeit ist tot. Die Füsse sind tot. Und alles wird nass.

Nach langen bangen Stunden hat Eolo sich endlich ausgetobt. Die Wolken reissen auf. Der Wind legt sich.
Im Osten dämmert es. Die Sonne eine rote Faust. Wir umarmen uns, ziehen die nassen Klamotten vom Leib, wärmen uns aneinander; atmen uns zurück in den Körper.
Von irgendwoher riecht's nach Schwefel. Wir drehen uns ab zu jenen Spielzeug-Klötzchen von Häusern tief unten. Zu den hell lächelnden Flachdächern, den weissen Quader der Häuslichkeit am schwarzen Strand von Stromboli.
Anstatt die kurvigen Serpentinen zu nehmen, steigen wir über die steile Direttissima ab. Stolpern zurück in unsere Zivilisation, heim ins 20. Jahrhundert.

14 Hellas

Ein Professor spezialisiert auf griechische Tempelanlagen macht in der Bibliothek der Universität Oxford einen raren Fund. Ein Skript behauptet, auf der Äolischen Insel Filicudi, einst griechisch besiedelt, lägen die Überreste einer Tempelanlage. Hellas. Quader mit griechischen Inschriften.

Er führt ein Telefongespräch mit der Verwaltung, lässt sich einen Flug buchen. Dann sieht man sein vom Denken verwühltes bleiches Gesicht am Kabinenfenster einer Alitalia-Maschine in London Heathrow abheben. Die Reise führt via Roma nach Palermo. Und mit dem nächsten Tragflügelboot übers Meer zu jener Insel mit griechischer Vergangenheit.

Zwei Tage nach dem Fund in Oxford sinkt der Professor auf ein weiches muffiges Bett in Filicudi. "La Canna" hat als einziges Hotel geöffnet. Poseidon und seine Götter meinen es gut mit dem Englishman. An einem sonnigen Strahletag, erklimmt er den erloschenen Vulkanschlot von Montagnola. Dabei kommt er ins Schnaufen, denn sportlich ist er nicht. Geblendet blinzelt er in die Sonne, die die Trockenmauern aufheizt. Der

Stechginster reisst winzige Stofffetzen aus seiner Hose: reinster Manchester. Die Füsse brennen in den Turnschuhen auf dem unebenen Pfaden. Ausgedörrt vom *Scirocco*, umschwirrt von Schwalben, nähert er sich dem Ziel. Schritt um Schritt auf wackligem Gestein gesäumt von Stechginster und Erika.
400 Meter überm Meer schlägt ein erschrecktes Kaninchen Haken, ein Schaf äugt aus dem Gras. Ein zu langer Blick hier – ein zu kurzer Schritt dort – der Professor rutscht aus und stürzt über loses Gemäuer ins Brombeer-Dickicht.

Ein echter Englishman, der flucht nicht. Er zitiert Sophokles, zieht einen Dorn aus der Wade oder packt Kompass und GPS aus, um die Route neu zu bestimmen.
Er versucht die Emotionen niedrig zu halten, *you never know*, wischt sich mit dem Taschentuch seiner Mum die Schweissperlen von der Stirn. Er lässt den Blick übers Meer schweifen in die Vergangenheit von Milazzo, damals Mylae 260 vor Christus. Als die Herrscher von Rom und Karthago sich gegenseitig die Flotten versenkten. Und jetzt sovie Stille. Soviel Vergangenheit! Tiefer als das Denken der Philosophen im Morgendämmern der

Menschheit.
Eine kühle Brise kräuselt seine Nackenhärchen, bläst das Hemd auf. Der Stein, auf dem der Professor sich ausgeruht hat, glüht dennoch. Sein Blick folgt dem Falken, der über dem Berggipfel seine Kreise dreht auf der Jagd nach Zikaden. Der Professor hört ihn klar und spürt ihn deutlich: den Ruf Griechenlands!
Hellas ich komme! Bald erreicht er einen Haufen ineinander verkeilter Felsbrocken. Aufgeregt schiebt er die Sonnenklappe der Doppelbrille hoch… Ihm stockt der Atem: Über die Schattenfläche einer basaltischen Felsplatte zieht sich – von Menschenhand geschnitten und vom Wetter geschliffen – ein Band altgriechischer Lettern. Er zweifelt keinen Augenblick: That‘s it! Wow, das ist die Stätte. Hier stand der Tempel!
Begeistert betastet er die Schriftzüge. Er spürt die Müdigkeit in den Waden nicht mehr; den Sonnenbrand im Nacken, den Durst in der Kehle.
Mit blossen Händen kratzt er die orangen Flechten ab, die diesen Ort Jahrhunderte lang vor neugierigen Blicken geschützt haben. Dann tritt er einen Schritt zurück, rückt die Brille zurecht, um die ganze Botschaft zu entziffern.

Er liest den griechischen Text, erstarrt und flüstert ihn halblaut vor sich hin: «Willkommen in Hellas – und jetzt ein Helles!»

Nachtrag:

Irgendein Spassvogel hat den guten Mann reingelegt. Doch ist das wichtig? Schliesslich lehrt der Professor auch nicht in Oxford. Und altgriechische Inschriften, pah, die will er eigentlich gar nicht entziffern. Wieso auch? Schliesslich möchte auch er mal Ferien machen. Und dazu sind griechische Inseln doch da, oder?

15 Das Kind im Mann am Meer

Ein Mann sitzt am Meer und zählt die Wellen. Je höher die Wellen, umso tiefer die Erinnerung, denkt er. Der Wind haucht durch sein weisses Haar. Jedes Haar ein Jahr.
Vor 50 Jahren sass er auf der anderen Seite von diesem Meer auf einer anderen Bank. Jung, busper, frisch. Und neben ihm ein Mädchen mit blauen Augen. Es war ihm fremd wie das Meer, das ihn heute berauscht wie eine alte Liebschaft. Wieso er sich jetzt daran erinnert? Zum Abschied hat er das Mädchen mit den blauen Augen ihm einen Kuss geschenkt. Das Salz auf den Lippen schmeckt er noch heute.
Alt ist jemand, der nur noch von Erinnerungen geküsst wird, sagt man. Doch die Jahre verlieren ihre Last, wenn Erinnerungen dich begleiten wie ein Schwarm Delfine. Glitzernd vor Glück. Eins mit sich selber. Eins mit dem Meer.

Zum ersten Mal trifft dich das Glück, als Same unterwegs zum Ei im Bauch der Mutter. Heute ist das Meer meine Mère. Die Meermutter trägt mich, wäscht mich. Sie lässt Kiesel rollen am

Grund und Schiffe fahren.
Das Land ist mein Vater. Er gibt mir Boden. Mit den Füssen am Boden wirst du jeden Tag neu geboren zwischen Himmel und Meer. Aber werde ich noch im Friedenszeiten sterben? Oder schon im nächsten Krieg, dem gegen die Natur?
Allzulange hat der Frieden Europa umarmt: eine helle Klammer im Geschichtsbuch des Abendlandes.
Als ich als junger Mann an den Rand von Europa reiste, habe eine Insel gefunden, die *Paradisola*.
Über Stock und Stein bin ich durch die Wildnis geklettert, habe vor mich hingesungen. Behütet vom Nichts.
Heute bin ich leise, um zu fühlen, wenn der Aufwind mich berührt. Um zu hören, was die Blätter im Baobab flüstern.
Die Wolken nehmen's locker, die schauen einfach von oben herab. Ob der Boden bebt, der Vulkan aus Bauch der Erde ruft. Und das Universum streckt seine Arme aus, umhüllt uns mit Sternenklang. Es beugt sich über Käfer und Kraut. Es strömt hinein in Flosse und Fisch. Es hebt den Falken hoch in den Wind. Es packt all die Geschenke an Leben wundervoll ein.

Hörst du das Universum, wenn du unter weissen Wolken Yoga machst? Das Summen der Wendekreise schaukelnd in der Hängematte? Du verwuschelter Kerl, du Freak im Olivenhain? John Lennon singt: *Imagine all the people living live in peace!*
Im Osten zischen russischer Hyperschallraketen, schreien neue Autokraten! Was soll's? Dem Universum ist's egal, was du tust oder nicht tust: du kleines Kind im Mann und Kind im All. Randnotiz im Hof der fallenden Sterne.

Es ist in den Eukalyptusbaum geklettert und hat den Kopf an den Stamm gelehnt. Es umarmt ihn, bis es zu Holz wird, zum Zweig am Baum des Lebens.
Das Kind lernt intrazellulär. Es kennt die Zypressensprache, es ist mit dem grünen Engel im Olivenbaum per Du, Teil eines uralten Bundes.
Die Stille ist rund und das Leben gross. Es versteckt sich in den Samen des persischen Flieders, in Muscheln und in Moos. Es lehrt dein Selbst, sich selbst zu sein und jubelt ins Blaue hinaus:
«Ich liebe euch Vogel und Fisch; ich liebe euch Schwester und Bruder! Ich liebe euch Busch und

Baum! Liebe, Jedermann und Jederfrau. Jedeskind und Jedesding!»

Ist die Blüte am Baum nicht ein Gruss vom lieben Gott?, denkt das Kind im Mann. Seit es himmelblau wach ist, übt es die Wolkenschrift. Auch den Augengruss. Und klettert immer wieder in Bäume, durchblättert die Blätter, zappelt vor Lust.

Es frägt sich, wieso es das Glück hat, so glücklich zu sein. Gerade es! Es frägt sich, wieso es so eine Insel gefunden hat, die andere ein Leben lang suchen! Einen Hort der Freiheit, wo noch der Puls des Lebens pocht! Abseits von Strasse und Internet.

Das Glück ist ein seidener Schal am Hals des Universums. Ein Duft im Aufwind der Gefühle. Ein warm-temperiertes Klavier. Ein fallender Apfel. Das Glück spricht alle Sprachen der Welt und es wird ins Kind hinein geboren. Auch wenn mensch es nicht wahrhaben will. Das Glück bleibt erhalten, so wie die Seele. $E = m \times c^2$.

Der alte Mann und das alte Kind sind eins. Und die Wellen machen... wusch und fegen die Felsen, runden den Stein. Sie baden die Menschen und machen sie frei. Sie lassen das Seelenkind singen:

«Bi so glücklech trala-lala-la, wüll i nüüt z verlüüre ha!»
Ist das Leben nicht etwas wie Ferien vom Totsein? Leben muss gelernt sein. Totsein kann jeder. Totsein ist extrem langweilig. Wenn du als Seelenpartikel in einem Urmeer schwappst, bis du armer Tropf neu gemischt ins Leben zurückkehren darfst!
Sicher, einige von uns sehnen sich nach dem Tod. Die sind hier nur im Exil auf dieser schönen blauen Erde.
Doch die vielen Toten von drüben, die strecken sehnsüchtig ihre dünnen Ärmchen aus. Nach uns zuhause in diesem Wunder, diesem wunderbaren Leben hier.

16 Der Tag an dem ich starb

Es war punkt 16:08 als ich starb. Ich merkte es, weil der Tinnitus-Ton im Ohr auf einmal weg war. Das Pfeifen der Vögel am Fenster verstummt.
Ein letzter Hüpfer, dann stand das Herz still. Als wäre das nichts Besonderes, und es hätte all die Jahre nur darauf gewartet, endlich mal eine Pause einzulegen. Ach, du mein gutes Herz!
Ein letzter Atemhauch. Verloren die Schwere. Wie Schnee, der von Zypressen fällt. Spürte ich eine zarte Hand, oder war es Glück das mich streichelte? Ein Anflug von wunschlosem Glück das mich dem Licht entgegentrug?

Weit unten liegt er, mein Körper. Entspannt. Schlafend. Als hätte er nie einen Schmerz gekannt. Um ihn herum Gestalten, die seine Hände halten und flüstern: «Wir sind bei dir!»
Dann ich hebe ab wie ein Blatt im Atemwind, höher und höher.
Das Zimmer gleitet weg, mitsamt den Lebenden. Mitsamt den liebsten Stimmen: Frau, Tochter, und Sohn… Die Ewigkeit lächelt mir zu. Nichts als Frieden, nichts als Liebe.

Ich lasse los, schwebe in einen anderen Sinn, wo ich nur noch bin. Kind vom Universum, diesseits alt gestorben, jenseits neu geboren.
Und wer kommt mir da entgegen? Mutter-Vater? Freundin-Freund?
Und ich werde Melodie. Ein Hauch von Licht. Ein Seelentropf im grossen Meer. Ganz hier im Dort, nicht weit von Gott.

17 Der GG-Klub

Der GG-Mensch kann als Nachfolger des „Homo ludens“ und anderer positiv denkender Typen angesehen werden und ist grundlos glücklich.
Er denkt ganzheitlich, steht ein für die Gleichberechtigung von Mann und Frau. Vor allem aber lebt er/sie nicht um zu arbeiten, sondern arbeitet um zu leben!
Dabei denkt der GG-Typ an den ganzen Globus und lebt grundsätzlich nach einer grünen Philosophie: Mensch und Umwelt brauchen einander, um ganz & gesund zu sein.
Und weil GG-Mann und Frau ihr Glück nicht von aussen beziehen, sind sie grundlos glücklich (GG) und bereit, das Schöne und Gute, das auf sie wartet auch anzunehmen!
Wer bis hierher gelesen hat und das gut findet, sei HERZLICH WILLKOMMEN IM GG-KLUB!

Die Eintrittsprüfung hat jedes Mitglied täglich neu abzulegen! Eine Passiv-Mitgliedschaft ist also nicht möglich!
Wie das gehen soll? Ganz einfach: «Lass die Leute in einem besseren Zustand zurück, als du sie angetroffen hast!»
Das typische GG-Gefühl stellt sich dann von selbst ein: dieser Rauschzustand, in dem man zu schweben glaubt, und meint, die ganze Welt lächle einen an.
Vielleicht wird so der Alltag, gemeinsam angepackt, zu einem GGF, einem ganz guten Fest!

«Das Glück ist ein Virus das längst in dir steckt
und erst ausbricht wenn du dich nicht mehr
dagegen wehrst!»

Belletristik von Roland Zoss

Deutsch

2025 «Paradisola» Inselgedichte
1992 «Die Insel hinterm Mond» Erzählung
Literaturpreis der Stadt Bern
2025 «Kinder & Könige» Gedichte/Lieder
2024 «Die Geburt der Tage» Kurzgeschichten
2023 «Formica» Fantasy-Erzählung, e-Book
2023 «Jimmy Flitz und das Geheimnis der Bäume» Bilderbuch
2016 «Jesus, Judith & Johannes» Eine Geschichte aus dem alten Palästina, e-Book

Berner Mundart

2025 «Z Bärn im Rosegarte» – die Mundart der kleinen Dinge
2021 «Hippie-Härz» Musikroman & Hörbuch
2010 «Härzland» Mundart-Rock-Album
www.haerzland.ch

Mundart für Kinder www.chinderlied.ch
ABC Xenegugeli www.abcdino.swiss

Roland Zoss | Musiker & Autor

Geboren 1951 zählt Roland Zoss zu den grossen deutschen Songpoeten und Erzählern.
Ab 1999 schuf mit hochkarätigen MusikerInnen das moderne Kinderlied in Berner Mundart. Er verfasst diverse Kinderbilderbücher.
Sein Hauptwerk umfasst zwei Dutzend Lieder-CDs und Hörspiele. U.a. mit Jimmy Flitz-Maus, Güschi, ABC-Dino Xenegugeli, Schlummerland, Muku-Tiki-Mu, SingDing und Baumliedern.

Für «Die Insel hinterm Mond» erhielt er 1992 einen Literaturpreis der Stadt Bern (siehe «Paradisola», Inselgedichte, 2025)

www.rolandzoss.com
www.jimmyflitz.ch
www.abcdino.swiss
www.baumlieder.ch